鈴木茂夫詩集

石臼

土曜美術社出版販売

詩集　石臼＊目次

ごじる　6
さかあがり　8
たかいたかい　10
のようなもの　12
王の責任　14
姫路城　16
奇妙な大名行列　18
家康はなぜ江戸を選んだのか　20
永井坂　24
国会議事堂は何色か　26
破棄や離脱や　30
世界の権力者たち　32
世界のお坊っちゃまたち　36
電波の停止命令　40
世界の小学校　44

軍手を洗う　46
軍手を捨てる　50
世相を漢字で　54
鐘楼　56
石臼　58
他人のピロリ菌を笑うな　60
春原さん　62
空から降るもの　64
裸足のアベベ　68
東部方面総監部　72
関根弘・最後の笑い　76
村田正夫・思いと記録と批評の詩人　78
松本清張を思う　80
墓の配置図　82
前を向いて歩こう　84

壁　88
世紀の一瞬　90
犬　94
道　98
無くなったもの　100
むかごの下には　102
縄　104
空耳ニュース　108
人の番号　112
ひっそりと力強く　114

あとがき　118

詩集　石臼

ごじる

こどもの耳は訓練不足
小学生の耳には「ぼじる」と聞こえた
すりつぶした大豆の汁のことである

中国の呉の国に由来する料理かと
こじったが関係はなかった

肉ではない植物性の
冬の大事なタンパク源であった

さかあがり

ぐるっと回って元の位置
それができた時の嬉しさを忘れて
何十年になるだろう
世界一周をしたような
あのときの喜び

昭和記念公園で
四十数年ぶりにレンタルの自転車に乗ったら
ふらついて
五メートルごとにブレーキをかけた

中学・高校と自転車通学の頃は毎日
十キロや十五キロは走った
手離しでも運転できた
自転車の
達人であったのに

たかいたかい

たかいたかいをすると
はしゃぎ出す豆たち
納豆の糸の粘り
その伸び具合

幼児の視野は狭く
目先の人の顔しか見えない
あやされる高さも怖さも分からない
底の深さを知らない

お坊っちゃまとして育てられた権力者が
黒いカラスに餌をまく

「だめよ。何してるの」
と言われると
早口になり説明の顔が壊れていく

泣き出す前のこどものように

のようなもの

刃物のようなもの
拳銃のようなものを持った
被疑者あるいは容疑者

犯人と呼び名が変わるのは
人が死傷したなどの現行犯の場合だ
報道機関はあくまでも慎重で
凶器のようなものが本物か玩具かが判明するまで
警察の発表を待っている

テレビや電話のようなインターネット端末で
ニュースや情報のようなものを見聞きし
写真機でもある動画撮影機を携帯して歩く
人間のような何者かになって電車に乗る

写真のような合成画像
映画のようなＣＧ動画
真実のようなフェイク・ニュース

明日には消える偽り
伝えた者たちは
守備の姿勢から後退に向かう

王の責任

アイルランド各地の泥炭地から
保存状態のよい四〇〇〇年以上も昔の殺人遺体が発掘された
さらに西ヨーロッパの国々からも

部族同士の争いなのか
死因や当時の社会や気候などが研究されてきた
結論は穀物不作の責任を取らされ
神への生贄にされたのではないかというのだ
沼からは捧げ物を入れた壺を含む金銀製品も出ている

無残な切り傷や縛り首の縄
ところが殺された者の栄養状態はよく
働いていた痕跡がないという
腕には装飾品
取り巻きや兵隊もなく殺された

殺した者たちのリーダーが
次の王になったのであろうか
気候変動の責任を問う政変ということのようだが
それでも次の王になりたい者たちはいた

姫路城

四十九年ぶりに姫路城を訪れた
高校の修学旅行では城の前で集合写真を撮った
友人はそのことを忘れていて
「行こう、天守閣まで」という
修復が済んだ地下一階、地上六階の白鷺城に
猛暑の盛りに登った

時代劇は天守閣から城主のアップへと場面を変える
こどもの頃は
(殿様は天守閣にいるもの)

と思い込んでいた

ペットボトルの茶を飲みながら
くたくたの汗だくになって登る
途中の覗き窓から涼しい風が吹き込んでくる
見張り役は若侍の仕事だったに違いない
帰りに
お菊の井戸を前にしても涼しくはならなかった

霞が関ビルの階段を昇る競走に参加したことがある
東京タワーや東京スカイツリーの
展望台以上の高さにも登ってきたが
いつの時代も城主は
別の建物の奥所にいた

奇妙な大名行列

大名行列が来る
「ひらにい、平に」
一間《いっけん》もある大刀を水平に掲げ
立派な飾りでしつらえた鞘を持つ者が続く
交代用の二人の太刀持ち
相撲取りのような大男と金槌をもった鍛冶屋
砥石を手にした磨き屋が続く

関所の役人や出迎える庄屋が尋ねる
「抜身の大刀とは如何なものか。穏やかならぬ」

「刃はござらぬ。しかし、磨けば切れまする」
「ひらにい、平に」
宿場町の本陣や大宿には泊まらず
地元の名主や大店《おおだな》に分散して宿とする

職人の技を結集した煌《きら》びやかな品々の後に
数十人あるいは数百人を省略して殿様の駕籠《かご》が続く
しかし駕籠の中は空
その後に続く足軽の一人が実は殿様である

家康はなぜ江戸を選んだのか

西暦一六〇〇年十月
関ヶ原の戦いに勝利した徳川家康は
一六〇三年に江戸幕府を開く

三河の国（現＝愛知県岡崎市）に生まれたが
地元ではなく
なぜ関東の未開発の湿地帯を選んだのか

地元に錦を飾ることよりも
日本の本州の真ん中である関東の

湿地帯を開拓した
費用と困難を伴う事業であったが
雇用を創出し人足や職人たちを集めた

一六一六年没（七十三歳）
遺言により翌年に駿河の久能山から日光奥院に改葬
東照大権現として祀られた
北への進出の守り神となったのである

茨城県西部に釈迦や久能という字《あざな》があるが
この国の歴史とは
あまり関係ないようだ

国道四号線の隣に残る
静御前の衣を納めているという寺がある

利根川を越えたのに
これより北に行くべきかと悩んだ
という小さな思案橋が
寺から離れた小川の上に架かる
街道から少し東に入った所だ

目立たない場所にこそ
物語と地元の人の思いが残っている

永井坂

国道一号線
港区の飯倉交差点から
東京タワーに向かう上り坂が
永井坂だ
近年に木の標識が立てられて
それで名を知った

江戸時代に永井という旗本の屋敷があったという
今は教会やフリーメイソンの施設などがある
千代田区を始めとして

全国に同名の坂はある
暗闇坂や狸穴坂なら
今でも江戸の面影を残しているが

飯倉交差点に至る前から
すでに
だんだら坂で
〈長い坂だなあ〉と
いつも思っていたのだ
〈長い坂〉のままで良いではないか
前には見上げるしかないタワーだ
今日も登る

国会議事堂は何色か

日本の国会議事堂は何色か
というクイズがあったとしたら
白と答える人が多いだろう
真っ白ではないので
黄色やグレーと答えても誤りではない

東京新聞（二〇一五・二・二一の夕刊）に
一九四五年と二〇一五年現在の
議事堂と周辺を写した写真が並んでいた
見出しは「黒塗りの理由」

二枚の写真にはモノクロとカラーの違いがある
空襲により瓦礫と化した周辺が痛ましい
などと思っていると
モノクロ写真や影だからではなく本当に
議事堂の中央塔や両脇が黒いのだ
たぶん空から見たら
屋根の色も迷彩色のように
まだらになっているのだろう

東京新聞のエイプリル・フールの記事は毎年のことだが
二・二六事件や
三月十日（陸軍記念日）の東京大空襲
を控えての記事と見た

コールタールで塗られた
黒い議事堂だとすれば
黒界あるいは黒会議事堂だ
白く装っていても戦後七十年
日本を戦争のできる国に戻したい人々の
戦争に負けて悔しいだけの
花一匁

平和への出発点であったモノクロの
議事堂前の畑の風景と
戦争に参加できる国にしたい人々の
現在のカラーだ

破棄や離脱や

知恵と時間を費やし
やっと結ばれた核軍縮条約を破棄する
あるいはユーロから離脱する
という自国第一主義の国が増えていく
まるで人類の
新しい道であるかのように

それで未来が開けるだろうか
それで何かを成し遂げたような
一ときの顔が世界に蔓延していく

責任を他者に
後のこどもたちに
押し付けて

世界の権力者たち

世界史に残る古い国々は
経済破綻を免れようと必死だ
なにしろ公務員も国民も観光収入に頼りきり
長いあいだ遊んできたのだ
そうして他国に経済援助を求めている

独自の道を歩みたいという
かつての植民地を手放した国は条約から離脱し
身軽で孤独な歴史の大航海に乗り出す

世界最強国のリーダーは Twitter で
分別もなく吠える

富と権力を世襲するアジアの国の三代目は
核実験を続けミサイルを撃つ
玩具漬けの独裁者で
年寄りの軍人達がかしずく

長く内戦が続く国は
反政府勢力を武力で制圧しようとして
他国の介入を招き
砂漠の地を泥沼化させている

法律の解釈を変え憲法を変え
古き悪しき時代に帰りたがる国も行きづまる

親の財産や意思や名誉や無念を引き継ぐ
お坊っちゃまたちの未熟さが
世界を混乱させている

ほどほどの成功者は
知恵や技を生かし
家族や隣人や周囲の人々に感謝しつつ
将来を思い
富と知恵と働きを分かち合ってきたのに

世界のお坊っちゃまたち

戦争を知らない世界のお坊っちゃまたちは
玩具のように花火のようにミサイルを連発する
気に入らない軍人や兄や叔父さんまでも部下に殺させる
親の財産やそれなりの知恵を受け継いできた人も吠える
時代が違うというのに過去の栄光を妄想する
対話も約束も知らない
守らない
取っ組み合いの喧嘩をしたこともなく

わがままに膨張してきただけなのだ
地に着いたか土俵から落ちたかの
相撲のルールを知らない
定年もなく
取入り拍手する老兵たちに囲まれている

イージス艦とは
そもそも何なのか
装備の違いはオプションであるそうな
レーダー設備を備える護衛艦でしかない六隻の
船でしかないのか
「ミサイルが発射されました。飛んで来ました」
という程度のモニター・システム

「地上の二か所で足りて、低予算」

という地上のイージス機能は？
あまりにイージー

日本列島を
不沈空母にしたい
という再びの幻想に傾いている

電波の停止命令

軍隊による近年のクーデターは、権力者・放送局・インターネット・市民の行動までは全制圧できず、たいていは失敗している。かつて地中海で、船上の海賊放送局が開設された歴史もある。言論はやめられない。とめられない。

二〇一六年二月九日、日本の総務大臣が、放送の公平公正を理由に、放送局に圧力をかけた。事故報告や地震対策などを求め、電波を停めるなと指導してきた省なのに。「電波の停止も有り得る」とは、他局に妨害を与える電波法違反の場合ではないのか。公平公正はだれが決めるのか。少数意見を切り捨てたい、反対意見はなおさら、という思いが、大臣になった勢いでマドンナ政治家の口から漏れてしまった。国民のためではなく、ときの政府にとって不都合な言論を封じたい、との誤った考えと貧しい法律知識が露呈した事件であった。放送法違反に問われかねないのは、古き悪しき政治の後継者たる、当の総務大臣だった。

電波法は、〈電波の公平かつ能率的な利用を確保することを目的とする〉、電波の質と運用を定める技術上の法律で、重大な違反があれば電波の停止命令を受けることがある。

放送法は、〈放送を公共の福祉に適合するように規律し、その健全な発達を図ることを目的とする〉。放送の普及と効用・不偏不党、真実および自律を保障すること、健全な民主主義の発達に資するようにすることを目的とする。

日曜日の深夜、放送機器の保守点検のために、電波を止めることがある。放送終了後でも、電波停止の操作には緊張が伴う。故障しないよう、電波を停めないよう、一部が故障しても予備が働くように、と機器の電圧・電流・出力などの細かな変化にも注意してきた。昔の真空管時代には、二十四時間、技術者が勤務していた。埃や油にまみれた時代もあった。メーカーとユーザー共々、経験からの改善により、地震や停電にも対処し、ほぼ完璧なシステムを構築してきた。

第二次世界大戦後は、短波による各国の国際放送合戦があった。ロッキード事件で罪を問われた田中角栄でさえ郵政大臣当時には、視覚障害者にもアマチュア無線技士の受験資格を与えた。放送番組への異論や反論は、新聞の番組批評欄が受付けている。大きな問題ならば社長名で、返答やお詫び、言い訳から感動的な広報までもあった。宇宙の星々から、雷や地殻変動から、家庭内からも、電波は出ている。知的生命の営みが発する電波は絶えず、常に宇宙に満ちている。

世界の小学校

世界には様々な小学校がある

遠い道のり
山間地を通う小学生たちもいる
徒歩で通う馬で通うボートで通う
走るスキップする
美しい風景と天気の急変がある
野獣に遭遇する危険さえある

それでも学校がある

たいへんでも通いたい
友だちに会える楽しく遊べる
学べる昼食を食べられる
小学校がある

わたしの桜井小学校は二年生までだったが
校庭には何本もの桜の大木があった
番傘や洪水の際の舟まで備えてあった
三年生からは通りを隔てた旧中学校に移った
村が合併して町になり
各学年・十クラスの中学校が新設された

こどもたちに食料を教育をという願いは
まだ世界に行きわたっていない

軍手を洗う

週に三日は汚れた軍手を洗い
左右の色や新旧をそろえ、乾かし
再使用のために整えることが
わたしの仕事の一つになった
そうして半年がたち
加賀谷春雄の軍手の詩を思い出した

軍隊で使われていた手袋だから軍手
戦後も工事現場などで同じ名で呼ばれてきた作業用手袋
自身が軍手をはめる立場から書いた作品であった

あれから三十年余になるだろうか

一双で二十円だから
クリーニングに出すと赤字だ
親会社が捨てた軍手もタオルも
回収されたものは洗い
擦り切れるまで繰り返し利用する

毎週一回は社員当時の仕事を引継ぎ
それで自身の月収を稼いでいるつもりだが
週に四日は倉庫の管理と清掃
機材修理なども務める定年後の再雇用で
ずるい人はずるいままに責任を取らず
偉い人と
お局様は

高笑い

先輩に使い捨てられる
後輩とすげ替えられる
体調を崩し現場から放り出された若い社員の
傷ついた心に寄り添う

軍手を捨てる

洗った軍手だが
黒いゴム製のケーブルをたぐれば
擦り込まれた汚れは落ちない
擦り切れてきたものは
ゴミ箱に捨てる
汚れていても形がしっかりしているものは
（もう一度、働いて……）
と再使用にまわす

時刻によらず

その日に初めて顔を合わせた相手には
「お早うございます」
同じ日に再び会ったときには
「お疲れさまです」
と挨拶を交わす
別れるときは
「お疲れさまでした」

景気の善し悪しよりも
定年者が少なかった時代は
式やパーティーで送り出された
花束などの荷物もあるので
ハイヤーで自宅までということも
かつての定年の日の儀式であった

自分のときは一言もなかったな……
なにしろ仕事は増やされ給与は半減
上下を逆転されて手当なしの
再雇用で残るしかない世代で
しかも半年ごとに規程が変更され
後退していくホールディングス下の合併の
しわ寄せもある

軍手を捨てる
捨てるにしても感謝や礼儀はあるべきだ
軍隊的な物事の強制と無責任こそを
ゴミ箱に捨てる

世相を漢字で

僧侶ではない
美しいドレス姿の若い女性が登場
（モデルか？）
と思ったら書道家で
二〇一八年の世相を表現する漢字一文字を
「乱」と書いた

へたな落書きが許されるなら
「ト乱プ」と書き加えたい

鐘楼

鐘楼の天井の一部には
始めから板がない
湿気を溜めず逃がすため
音をたくわえ長く反響させるため
という昔の匠の企みだ

毎日の立寄り場所にしている高見の猫がいる
定刻に僧侶が近づいてくる
鐘が突かれる前に逃げていく

鐘から天井の空洞から
「ぼ～ん、うおん、おん、おん」
と音が響く
長く空気を震わせる

凡なのか恩なのか
ＩＴだかＥＴだか分からない人々が
ときどき参る

石臼

夏の終わりに
畑に残った胡瓜や茄子を漬ける
樽に二つか三つ
塩が足りなくなって祖母から使いに出された
「いいかい。波の華を、と言うんだよ」
女房詞を忘れかけて天邪鬼の子どもは夕刻に
「塩を」と口にしてしまった
「親戚でなければ売ってやらないよ！」
と激しい口調で戦争未亡人は怒った
二男一女を育てていた

漬物石の一つは石臼の片割れだった
放射状の切り込みと
回すための棒を差し込む穴があった
昔は小麦や蕎麦を挽いていたのか

あの石臼はいつ
どこへ消えたのだろう
沈黙と共に耐えていた
時代の重石でもあったのに

海の底に限らない
石臼は今も
どこかで何かを作り続けている

他人のピロリ菌を笑うな

「ピロリ菌なんて、へんな名前だね」

と笑った。

パラリ、ピロリ。プロリはないな。ペロリ、ポロリ。

Kさんは薬を処方され、一週間くらいで元気になった。

すごく、胃腸の調子が良くなった。

声楽グループ=カラフィナ（NHK総合テレビ「歴史秘話ヒストリア」の主題曲に採用されて有名になった）のファン同士で、年齢は離れているが興味や話が合う。小柄で、まじめな青年だ。

ところで、先日の人間ドックで、

「ついでにどうですか。採血の残りで検査できます」

と言われて、私も検査をお願いした。健保とは別料金だったが、頼んで良かった。以前に胃潰瘍で入院したので当然、検査はしただろうと思っていたが、結果の記憶がなかった。

検査結果は、陽性と出た。（再発生率は低いという）

「Kさん。また、ピロリで笑えるね。今度は、私を笑って！」

互いの職場があるビルは数百メートル離れているけれど、そちらの食堂での昼食のついでに、久しぶりの雑談に参上します。

春原さん

はるはらさん
ではない
にこやかで穏やかな人
やわらかな心の持ち主
女性のシステム・エンジニア
顔は覚えている

「おはようございます」
久しぶりにビルのロビーで出会い挨拶し
名を思い出す

読み方は数々あるが
そうだ
すのはらさん

空から降るもの

空から
色々なものが降ってくる

広島には原爆と黒い雨が降った
各地に米軍の宣伝ビラが
今も戦争国にはミサイルが
空から降ってくる

パリにはサハラ砂漠の砂による赤い雪が
インド南部のケーララには

藻類の胞子由来という赤い雨が
タクラマカンやゴビの砂漠からは
春先の西風に乗り黄砂が運ばれてくる

天の恵みか
空から海の魚が降ってくることもある
竜巻により巻き上げられたものという説がある
都会のビル街では一万円札も降ってくる

宇宙から星の欠けらが降ってくる
まれに大きなクレーターや
小さな隕石を残す
その中に宇宙からの微生物が含まれている可能性も
無くはない

計り知れない自然現象がある
争い
殺し合いながら
人類はなお解析中である

裸足のアベベ

一九六四年の東京オリンピックのときに購入した、写真ハガキがあった。その中に、前回のローマオリンピックの写真も含まれていた。その表彰台には、何かをぶつけたような穴が空いていた、と記憶している。私は、へんな所に目を止めてしまった。

ローマ大会の男子マラソンを、エチオピアの軍人アベベ・ビキラは裸足で走り優勝した。さらに、四年後の東京オリンピックで、二連覇を達成した。

「ローマを裸足で走ったのは、歴史を作りたかったのだ。今度は、ドイツ製の靴を使った。ベリーグッドだった」

とインタビューに答えたという。
（裸足で走れるアフリカ人だ。靴を履けば、ましてや）
という意味だったのか。

小学生の頃、夏は裸足で遊んだ。飛び出す私の元気を祖父は笑って送り出した。砂利道を歩く痛さに耐え、健康かつ丈夫な足を得た。裸足の実力を示したアベベに、こどもたちは共感した。寒い季節には、おしくらまんじゅうや、マラソンで遊んだ。紙テープのレイが、メダル代わりだった。

アベベに靴を提供した日本のメーカーがあったが、本番の東京オリンピックでは、ドイツ製の靴をはいた。そのメーカーの経営者兄弟は仲たがいし、ブランドを分かつが、それぞれに現在も繁盛しているようだ。

オリンピックよ、裸足に帰ろう。競技時間を、巨大スポンサーの国の娯楽時間に合わせるのは止め、選手たちの現地時間に合わせよう。戦争を、ルールのあるスポーツ競技に変えた、歴史の知恵に帰らないか。

アフリカ大陸で初めて、
質素なオリンピックが開催されるのは、
いつか。

東部方面総監部

小学校四年の修学旅行先は東京だった
市ヶ谷のタワーを
東京タワーと間違える者もいた
はるかに低いが形も色合いも確かに似ていた

大人になってから数日間
そこに通ったことがある
三島由紀夫が自決したテラスの前を過ぎ
今は建て直されているが
昔の東京タワー型の電波塔に昇った

隊員は簞笥大の無線装置をよく清掃していて埃や汚れがなかった
近くにはマンガ本があり平和だった
深夜のタクシー待ちで隣りの機動隊員に職務質問された

東千歳・滝川・横須賀・板付・背振山と
反戦主義者を自認しながら苦渋の二十代を働いた*
イラン・イラクに輸出する無線装置を調整していたこともある
どちらかの国の検査官が来日するときは
一方の製品の上の看板を変えたりする工場に
派遣されていた時期もあった
住所を偽っていたという理由で解雇された若い女性が
門前で泣きながら一人で闘っていたが巨大組合は無視
過激派の事件もあった頃だ

それから本物の東京タワーに二十数年間は通った

現在は週に一度くらい東京スカイツリーに通っている

今の言葉でいう派遣社員は外工と呼ばれていた
ティーサーバーの当番もさせられた
飲まなくても月ごとに金を取られた
抗議すると部下百人の係長に朝礼でいなされた
「不服をいう人がいますが……」

ネクタイを止め
ジーパン・スタイルを持ち込んだ

＊　自衛隊員と家族は総じて真摯だった。少年の頃から、お世話になった。

関根弘・最後の笑い

自作詩の朗読を終えた私に
関根弘は言った
「自分の犯罪を書かなきゃ駄目だよ」

別のとき笛木利忠は喜んだ
他の商業誌に掲載された私の作品を
それから数年後の共同出版記念会の席上
関根弘は詩人の流儀で祝辞を述べた
「言うならば、引かれ者の小唄だな」
そこで私は「小唄でちょいと」という詩を書き

次の詩集『溝の口の水』に収めて返礼とした
勤務先や画廊や喫茶店や出版社が名を変え移動しても
そのたびに歩いて行ける近くにあった
出棺*のとき路上でふいに右足が重くなった
炎天下に冷やりとし立ち止まる
すると関根弘の最後の笑いが聞こえた
「ガムを犯人にする気かね」

いかにも犯人はいる
けれど
もうここにはいない

＊　葬儀委員長＝村田正夫。加藤幾惠の姿もあった。

村田正夫・思いと記録と批評の詩人

「カメラ、持ってる?」
「マクロ・広角・ズームレンズと、一通り。ストロボも」
というわけで
詩誌「潮流詩派」の表紙写真などを撮った
「ワープロ、買ったの。こんな用紙、会員あての通信、作れる?」
村田正夫はメモや日記を書き続けた
記録や印刷や新しい物事への関心が深かった

紙の裏側までも
メモや関係者への原稿などに使い大事にした
調査や研究や批評について
教えられた

松本清張を思う

『黒革の手帖』は今日に至るまで何度も
テレビドラマの原作となっている
ときの俳優や女優たちを採用し
良くも悪くも
金持ちと政治家と貪欲な若者たちの
絶えざる時代の動きを描いてきた

代表作を振り返れば
作品以前の歴史研究の深さに頭が下がる
書きたかったのは様々な人間

時代が変わっても人の心に通じる歴史の事実
思いと記録の隙間を描き
当事者の心理を見事にあぶりだした
戦前の社会と歴史を知り
現在から未来への在り方を問うた

出生は一九〇九年
事実と記録の不確かな時代に生まれた
謎を解き明かしたいという
生来の思いを生きた歴史家であり
小説家であった

墓の配置図

わたしは茨城県の西部に生まれた
北から南へと利根川に流れ込む小さな川がある
川の西側の高台には神社があり
周辺には弥生時代の遺跡や円墳がある
隣町からは矢じりも出ている
神社や人家の多くは
川や沼地から離れた高台にあった
そして墓地も

墓地は地域の縮図で

死んだ後も東西南北の
住居の位置に従い配置されてきた
中央部が歴史も古く最も高かったが
敷地のゆえだろうか縦棺があり
少年たちは立ち尽くす未来を恐れた

新しい家々は西側に墓を増設していった
新田という地名の方へ

前を向いて歩こう

「上を向いて歩こう」は少年時代に聴いた、坂本九のヒット曲である。
それまでの軍歌や、江戸時代のような古い演歌から脱却したジャズ
風の新しいメロディーだった。

作詞＝永　六輔
作曲＝中村八大

一九六一年十月にレコードが発売されると、爆発的にヒットした。
イギリスには翌年に、「SUKIYAKI」などという名で、伝わった。
フジヤマ・スキヤキ・ゲイシャの国からの、共感のリズムだったの

だろう。

ニキビ顔の歌手は戦中に、茨城県の笠間市に疎開していたことがあり、その縁で、有名になった後も笠間神社の行事に参加するなど、疎開地への恩を返していた。

一九八五年八月十二日、日本航空一二三便の墜落事故で、搭乗客の一人として亡くなった。

私はこの十年以上、下を向いて歩いてきた。中近両用の眼鏡をかけながら、遠くよりも身近な足元を見つめてきたが、今は、向かってくるスマホ歩きの人を避け、あるいは方向定まらぬ歩みの人の背中を追い越す。

フレームのゆるみの調整の際に壊れた、十年以上も愛用した眼鏡を新調する。

より正確に、前を向いて歩くことにした。
「多数を占める」というニュースの、
後ろ向きの新しさに、
加担しない。

壁

東西南北・上下左右に壁や天井がある
株価や為替の上下にも築かれる
根拠のない00や50の豚の糞のような壁
世界には天井や底やと
さまざまな壁がある

しかし歴史はゆるやかに
それらを打ち砕いてきた
隔たれていた家族や親戚の交わりを
取り戻してきた

人が築いた壁ならば
人の力で壊せる

キリスト教徒と
イスラム教徒が
それぞれ聖地と主張するエルサレム
ということは
同じ街で昔は共に暮らしていたということの
証しではないか

古い比喩に長く捕らわれたままの人々よ
嘆くまでもない
それは新しい意思で越えられる
幻想の古い壁にすぎない

世紀の一瞬

ロバート・キャパ
彼はスペイン内戦の写真とされる
「崩れ落ちる兵士」の写真を
一九三六年に撮影したとされる
日中戦争、ノルマンディー上陸作戦、第一次中東戦争、第一次イン
ドシナ戦争の五つの戦争を取材した二十世紀を代表する戦場カメラ
マンである
一九五四年没

やがて

「崩れ落ちる兵士」の撮影日時と撮影者が疑われる
なるほど血が出ていない
演習だったとの説がある

一九六三年
ジャクリーヌは咄嗟に拾い集めた
ジョン・F・ケネディーの頭から
飛び散った肉片を

一九七三年のピューリッツァー賞は
「ベトナムの少女」であった
全裸で泣き叫び爆撃から逃げる子どもたちの一人であった少女は
生き延びて看護師になった

一九九四年のピューリッツァー賞は

「ハゲワシと少女」で
ケビン・カーターが受賞するも
少女を難民キャンプに連れて行くべきだった
との批判にさらされ
受賞から約一か月後に自殺した

今はだれでも写真を撮れる時代だ
携帯電話やスマートフォンで
写真も動画も撮れる
しかし
世紀の一瞬は
どれも衝撃的で悲しい

犬

犬はいるか
鼻の確かな番犬のような
吠える犬はいるか
論理ただしく吠える人はいるか

昔の農家の米蔵の前には番犬が飼われていた
モズという名の百舌鳥《もず》色の秋田犬がいた
米の収穫期をねらって盗みに来る輩《やから》がいたからだ
吠える大きな犬を幼児の私は恐れた

鍵が掛けられていても
固められた土間を掘り
米を盗もうとする
親戚の戦争未亡人が細々と営む雑貨店の裏口にも
裏口の土間を掘りかけた者がいて
祖母が一週間ほど泊りに行った
戦後十数年を経ても
ずるい者は掘り抜く根性もなく悪事を働いた

戦後七十年もすると犬はペットで
声帯を切除されるまでになった
人もまた同様か
擦り寄るばかりで
滑舌よく演説する凶悪な人に
吠える者がいない

時代の番人がいない

ところで老いたモズは
雪の夜に自力で鎖を切った
番犬としての役目を終え
北へ故郷の秋田へと百メートル歩き
朝には果てていた
父と叔父がモッコ*に載せて運んできた

* モッコ=肥料としての腐葉土などを運ぶ。竹の棒と、藁を編んで作った筵《むしろ》から成る、タンカのような運搬道具。

道

けもの道が出来なくなってからも
雑木林に道はあった
荒区と呼ばれた開拓地に通じる道だ
春休みの天神講のために
女の子たちが歌の練習をしていた
女の子の天神講は
男の子のそれよりも数年早く途絶えた
田舎には地図にある表通りの他に
裏通りがあった

私有地の生活道と各戸の庭先をつないでいた
武家屋敷の並びにも横の生垣には連絡の道があった
顔が合えば挨拶するだけでよい近道であった

昔の小学生には
下校時の冒険のような新しい道が
幾通りにも開かれていた
今はずたずたになり
途切れてしまった道だ

人が歩き生活に用いていれば道は残る
かつて道であった場所を思い出す
歴史上そこで誰も死んだことのない
古い森の小道までも

無くなったもの

現住地に移ってから、無くなったものを思う
郵便ポストが減った
人口当たりという設置基準であったはずだが
人口増加とは反比例だ
クリーニングの取扱店まで減った

床屋談議もない格安の床屋が増えた
『床屋のメニュー』(日高滋・著)という詩集があった
地元の床屋に余分の一冊をあげたら、散髪後にコーヒーまで出してくれた
江戸っ子みたいな、元気なおばあちゃんも出てきて話がはずんだ

二十メートル先のMさんは床屋を廃業した
「電話をくれれば、刈ってあげるよ」
といってくれた
散歩の途中で会った
若い弟子二人には厳しく
客の私でさえ恐かったが
伝えたいことを伝えていたのだ

髪の毛を電気掃除機で吸い取られても
千円位なら安いのか

むかごの下には

夏のことであった。家の横の畑の隅の、むかごを見つめていた。

畑仕事が一段落したとき、父が言った。

「掘ってやろう」


働き盛りの父のスコップは、力強かった。やがて、長い山芋が出て来た。

祖母が、すり鉢でおろし、出汁を加え、家族七人でご飯をお代わりした。

だれが撒いたのか、植えたのか。

祖父母は、味わい笑っているばかりだった。

縄

父は手で縄をなった
年末には正月の
しめ飾りを作った
裏山に一本だけ榊があった

祖父は
足踏み式や電動式の機械を庭先に据えて縄をない
余りを売った
巨大な糸巻き状の巻き取り部

父が竹馬を作ると
祖父も作った
雪の日は父が
雀を捕る仕掛けを作り
みんなで庭先を見つめていた

小《こ》需飯《じゅはん》*のときに
下屋の藁の上にイタチが来ると
父は嬉しそうに小声で言った
「静かに！」

小学生の反抗期に一度だけ
母に竹藪の竹に
縄でゆるく縛られた
家に戻れずにいると

やがて迎えに来てくれた
母は農家に奉公し
働きぶりを認められ父に嫁いだ
後に奉公先の同世代の女性は僧侶になった

明治と大正の
祖父と母との喧嘩のときは
こどもながら心配した
家族が戦争で死んだ武家の家
という母の怒りと悲しみと誇りを知った

＊　小需飯＝午前十時と午後三時の、お茶の時間。当時は、茶、野菜、漬物、米、味噌、醬油、餅に至るまで、すべて自家製であった。

空耳ニュース

横須賀が横塚と聞こえるときがある
大洗が大笑いと聞こえることも
アナウンサーよ、どこへ行く
後ずさりの構えで、スィン室にスィン行するのか
政府はセーフで国民はアウトのときにも
シガシの空から詩はのぼる

従妹が幼なかった頃、
「ヒゲオちゃん」
と呼ばれていた身には理解の上の空耳である

「おーい、ふなたかさん。ふなたかさんよ」*
と天神講の席で間違って歌い、みんなから
笑いのリクエストを受けたではないか私も

二十代になって、その歌手の息子（三波豊和）と
女優（白石まるみ）が司会をする番組に出た
パソコンによる自動詩作と朗読のプログラムを発表した際の奇遇であった

「こちらは、廃品回収車です。壊れていても、構いません」
（はっ）と気付いて、老人がたたずんでいる
ベータマックス・ＶＨＳ・アナログＴＶ時代の録画用ＨＤＤ
テレビデオ・送信の最終手段が真空管の無線機
昔のアイドルの写真集・ボブ・ディラン詩集
家族がいたら許されない、寝室以外の本の山々

捨てたい物が多すぎる。
（いっそ自分を捨てた方が早く整理がつく）
と思いながら無料の回収業者を呼ぶ。悪い夢をアルコールで薄める。
ボランティアのような活動を続ける。
カブトムシやクワガタはいないが、ベランダに東京タワーにスカイツリー
の高所に、アブラゼミは飛んでくる。
上昇気流に乗り、
エレベータを使わずに。

＊「船方さんよ」（歌＝三波春夫・一九五七年）

人の番号

ベン・ハーの囚人番号は４１
ジャン・バルジャンは
２４６０１（邦訳歌詞では２４６５３）

私の学籍番号はＥ６０４０１
「生涯、忘れないだろう」
と教師は言った
それほどに日々のレポートやテストで書かされた

社員番号は２０８０１だった

マイナンバーは＊＊＊＊―＊＊＊＊―＊＊＊＊
他に多数の顧客番号や
ＩＤやパスワードにまみれている

メモや記録が増える
いつまで認知できるのか
番号で呼ぶことに管理者側の利便性はあるが
呼ばれる側に利はない
数と情報を操ってきた者たちだけの都合だ

瞬時に押し寄せる記号や数に
対応できなくなっている
電話の窓口が滞る
インターネットの受付システムが停止する

ひっそりと力強く

春の竹藪には
黄色いヤマブキの花が咲いていた
茎の中は白い発泡スチロール状で
それを取り出し短く切って糸を通して連ね
釣りの浮きにしたことがあった

秋の林にはリンドウ
凜として
強く鮮やかな青紫の光を放っていた
その最後の一輪を摘んだのは私だ

今さまざまな写真を見ても
あのころ見た花々とは違う
群生する花の顔のアップみたいな写真ばかりで
ひとり立つ野生の美しさと強さがない
花びらの形も色の輝きも異なるのだ

広大な山林が売られ
工業団地と住宅ができるまでは
アザミやツツジも
あるべきところに毎年ひっそりと咲いていた

世界は騒がしい
小さいものを踏みにじる
それでも美しいものの記憶は消えず

摘んだ者の心に
よみがえる

あとがき

前詩集『こどな』（二〇一九年）は、少年詩集という認識だった。すぐに、現代詩集の出版もと思い編み始めたが、作品の選択に時間を要した。原稿は四十年ほど前から、ワープロのデータとして持っている。それがなかったら、さらに困難だったろう。

詩集『戦後の学校』（二〇〇四年）以降の作品から、なんとか四十篇を拾い集めた。批評や風刺を含んだ作品、日常の中で心に残ったことを記した作品などを選んだ。

二〇二一年七月　東京オリンピック２０２０のさなかに

鈴木茂夫

著者略歴

鈴木茂夫（すずき・しげお）

1953年　茨城県猿《さ》島《しま》郡《ぐん》総和村（現・古河市）に生まれる。
古河三高（一期生）、千代田学園（放送技術科）卒。

『戦後の学校』など詩集七冊
『主題と方法』など詩論集三冊
アンソロジー『虹の糸でんわ』（編著）

日本児童ペンクラブ会長。日本現代詩人会・潮流詩派の会会員。

現住所　〒213-0001　神奈川県川崎市高津区溝口2-13-23-501

詩集　石臼《いしうす》

発行　二〇二一年十月十日

著者　鈴木茂夫
装丁　直井和夫
発行者　高木祐子
発行所　土曜美術社出版販売
〒162-0813　東京都新宿区東五軒町三—一〇
電話　〇三—五二二九—〇七三〇
FAX　〇三—五二二九—〇七三二
振替　〇〇一六〇—九—七五六九〇九
印刷・製本　モリモト印刷

ISBN978-4-8120-2655-7　C0092